직선 위에서 떨다

직선 위에서 떨다

이 영 광 시 집

창비

차 례

제1부

직선 위에서 떨다 008

나팔꽃 010

빙폭 1 011

문(門) 012

동해 013

봄날 014

고드름 016

단풍나무 한그루의 세상 018

입동 020

평일 022

단풍 023

빙폭 2 024

빙폭 3 026

단역들 028

입춘대길(立春大吉) 030

산 032

첫눈 034

눈 온 아침 036

후평천에서 038

빈틈 039

유리 그릇과 함께 040

벚꽃 무한(無限) 042

화끈하다 044

세월 046

지긋지긋한 슬픔 047

제2부 ——

숲 054

하염없는 오월 055

비누에 대하여 058

마루 밑 열대 060

집 061

귀가 062

2001 ― 세렝게티, 카불, 청량리 064

지하(地下) 069

헌책들 070

순대 072

한씨네 074

독방 076

근조 078

종묘 시민공원 079

가출 082

메리 크리스마스 085

검은 장갑 하나가 기어나와 086

내각리 옛집 088

앉아 있는 사람 090

함박눈 093

관심 096

앉아서 말하다 098

이 길은 숲 같아서 100

가배얍게 102

군불 104

지리산 106

정릉천 108

해설│황현산 111

시인의 말 126

제1부

직선 위에서 떨다

고운사 가는 길
산철쭉 만발한 벼랑 끝을
외나무다리 하나 건너간다
수정할 수 없는
직선이다

너무 단호하여 나를 꿰뚫었던 길
이 먼 곳까지
꼿꼿이 물러나와
물 불어 계곡 험한 날
더 먼 곳으로 사람을 건네주고 있다
잡목 숲에 긁힌 한 인생을
엎드려 받아주고 있다

문득, 발 밑의 격랑을 보면
두려움 없는 삶도
스스로 떨지 않는 직선도 없었던 것 같다

오늘 아침에도 누군가 이 길을
부들부들 떨면서 지나갔던 거다

나팔꽃

가시 난 대추나무를 친친 감고 올라간 나팔꽃 줄기, 그
대를 망설이면서도 징하게 닿고 싶던 그날의 몸살 같아
끝까지 올라갈 수 없어 그만 자기의 끝에서 망울지는 꽃
봉오리, 사랑이란 가시나무 한그루를 알몸으로 품는 일
아니겠느냐 입을 활짝 벌린 침묵 아니겠느냐

빙폭 1

서 있는 물
물 아닌 물
매달려
거꾸로 벌받는 물,
무슨 죄를 지으면
저렇게 투명한 알몸으로 서는가
출렁이던 푸른 살이
침묵의 흰 뼈가 되었으므로
폭포는 세상에 나가지 않는다
흘려 보낸 물살들이 멀리 함부로 썩어
아무것도 기르지 못하는 걸 폭포는 안다

문(門)

가지 말아야 했던 곳
범접해선 안되었던 숱한 내부들
사람의 집 사랑의 집 세월의 집
더럽혀진 발길이 함부로 밟고 들어가
지나보면 다 바깥이었다

날 허락하지 않는 어떤 내부가 있다는 사실,
그러므로 한번도 받아들여진 적 없었다는 사실을
받아들이는 사람으로서 나는 지금
무엇보다도, 그대의 텅빈 바깥에 있다

가을 바람 은행잎의 비 맞으며
더이상 들어갈 수 없는 곳에 닿아서야
그곳에 단정히 여민 문이 있었음을 안다

동해

내 여자는 동해 푸른 물과 산다
탁류와 해초들이 간간이 모여
이룩하는 근해의 평화를 꿈꾸지 않는다
저녁마다 아름다운 생식기를 씻어 몸에 담고
한층 어렵게 밝아오는 먼 수평까지 헤엄쳐 나가
아침이면 내 여자는 새 바다를 낳는다
살을 덜어 나의 아들을 낳는다
내가 이 세상의 홀몸 이기지 못해
천리 먼 길 절뚝여 찾아가면
철책 너머 투명한 슬픔의 알몸을 흐느끼며
문득 캄캄한 밤바다 되어 말 못하게 한다
다시는 여기 살러 오지 말라 한다

봄날

안경을 잊어버리고 출근하였다
집으로 돌아갈까, 잠시 망설였지만
간밤 취해서 부딪혔던 골목 귀퉁이가
각(角)을 잃고 편안히 졸고 있는 걸 보고 발길을 돌렸다
길이 뿌옇게 흐렸으므로 무단횡단도 하지 않았다
나의 약시가 담 모서리의 적의를 용서한 덕분일까
새 학기 들어 처음 흡족하게 강의를 마쳤다
미운 놈 고운 놈 제각각이던
학생들도 모두 둥글둥글 예뻐 보이고
오늘 따라 귀를 쫑긋 세우고 열중하는 것 같았다
담배를 피워물고 창밖을 내다보니
황사 며칠, 서울도 그럭저럭 봐줄 만하다
흐릿해진 풍경 어딘가에 봄 내음이 스며
조용조용 연둣빛으로 옮겨내는 중이다
나는 세상을 너무 자세히 보려 했던 모양이다
살아 있는 것은 모두 어딘가로 번져가는 중이기에
수묵 같은 흔적을 남기는 것이기에

안경 도수가 높아갈수록 모든 것은 자취를 감추고
나는 아무것도 보지 못했던 것이다
어두웠던 눈에 봄이 처음
연둣빛 투명한 안경을 씌워준 날, 봄날

고드름

햇살에 베인 처마 끝이 미닫이를
두 쪽으로 갈라놓고 있다
소한 바람이 입가의 술냄새를 닦아주고 간다
물인 줄 알고 마신 술
알고 보니 불이었다
불타버린 나의 내부
식은 재 날리는 벌판의
모래 언덕의 모래 침대에 누워
창밖을 본다

문득, 거대한 짐승의 뱃속에서
하룻밤 쉬었다는 생각이 든다
주렁주렁 처마에 매달린 고드름들
티라노의, 단검 같은 이빨 같은
고드름들은 누군가 나에게 겨눈
창끝 같기도 하고
간밤 내가 그에게 드러낸 적의 같기도 하다

그러나, 자세히 보면 고드름들은
뾰족한 끝에서부터 한방울씩 녹아내리고 있다
이런 생각이 든다, 나는
이제 누군가를 용서하고 있다
이제야 누군가에게 용서받고 있다

단풍나무 한그루의 세상

자고 난 뒤 돌아앉아 옷 입던 사람의 뒷모습처럼
연애도 결국은,
지워지지 않는 전과로 남는다
가망 없는 뉘우침을 선사하기 위해
사랑은 내게 왔다가, 이렇게
가지 않는 거다
증명서가 나오기를 기다리며
교정의 단풍나무 아래 앉아 있는 동안
이곳이 바로 감옥이구나, 느끼게 만드는 거다
사람을 스쳤던 자리마다
눈 감고 되돌아가 한번씩 갇히는 시간
언제나 11월이 가장 춥다
모든 외도를 지우고
단 한사람을 기다리는 일만으로 버거운 사람에게
이 추위는 혼자서 마쳐야 하는 형기?
출감확인서 같은 졸업증명서를 기다리며
외따로 선 나무 아래 외따로 앉아 있는

추운 날
붉고 뜨거운 손이 얼굴을 어루만진다
혼자 불타다가 사그라지고 다시 타오르는
단풍나무 한그루의 세상
무엇으로도 위로할 수 없는 순간이 있고
떨어져서도 여전히 화끈거리는 단풍잎과
멍하니, 갇힌 사람이 있고
인간의 습성을 비웃으며 서서히 아웃되는 새떼들이 있다

입동

늘 추운 마을은 추위가 식구 같다
밥상머리 무릎 위에 파릇파릇 얼어 있다
국그릇 건드는 손끝에 토라져 있다
곰살궂게 수저에 엉긴 잔 얼음
된장국에 가만히 녹여본다

맞바람을 받으며 학교 가는 아이들
열쩍게 키만 쑥 자라 종아리가 펄럭인다
다 못 막을 바람이라 흙담벽은 머쓱하다
바람 드나들 적에 간간이 사람 그림자 얼씬거려
이웃집 늙은 아지매 동치미를 놓고 갔다

동치미 그 찬 것이 얼얼히 속을 덥힌다
아버지처럼 일손을 놓고 툇마루에 기대자니
흙은 선산의 진흙을 캐어 햇짚과 이겨 쓰고
그래 고친 아궁이에는 참숯을 지피라신다
추녀 끝, 옛날의 어느 말씀이

불을 보면 절하고 싶은 마음
화끈, 얼굴이 상하는데
기우뚱 세상을 지고 아, 등이 시리다
내게 못 견딜 추위가 있었던가
애송이 바람도 한나절 맨발로 건너는 입동

평일

　내일 모레가 환갑인 하숙집 아줌마, 김순옥 불자가 빨래통을 들고 옥상으로 올라간다 그녀는 얼마 전에 갓 서른인 맏딸을 사고로 잃었다 놓쳐서는 안될 것을 놓아주듯이 아주머니가 빨래를 내건다 아니, 아귀힘이 줄어들면서 그녀는 이제 손을 빠져나가는 것들과 실랑이하는 대신 주저앉고 싶은 마음을 그것들에 실어보내게 된 것일까 맞은편 옥상에는 그 집 도라지 아줌마가 빨래를 건는다 그녀는 종일 도라지를 다듬어 경동시장 채소전에 넘기고 온다 이 공중에 푸룻푸룻 젖은 걸 널고 걷으며 그네들은 삼십년을 살아왔다 아무도 없는 골목길이 그들 사이로 휘익 지나가고, 하숙집 향나무를 감고 올라간 나팔꽃 한 줄기가 팔짝 맞은편 옥상으로 건너뛴다 걸려도 서로 다치지 않는다 나팔꽃과 옥상 모서리, 이번 일요일에 절에 가면 같이 방생하자고 혼잣말처럼 건네며 도라지 아줌마는 김순옥 불자를 남겨둔 채 내려간다 내려가준다 마음의 불길이 해를 따라 기우는 삼십년 만의 평일 아니 삼십년 간의 평일

단풍

산들도 제 고통을 치장한다

저 단풍 빛으로 내게 왔던 것
저 단풍 빛으로 날 살려내던 것

열려버린 마음을 얼마나
들키고 싶었던가
사랑의 벗은 몸에 둘러주고 싶었던가

불난 집처럼 불난 집처럼 끓어
마침내 잿더미로 멸한다 해도

빙폭 2

한아름 뭇매를 거머쥔 바람이
암시의 골짜기를 쓸고 간다

눈 덮인 침엽들과
얼어붙은 돌덩이들이 제 부피를 줄여
태평하다, 달디단
최면에 들어 계시다

한번도 끓어보지 않고
기화해버린 사람,
생이 뜨거워지면
숨어버리던 영혼 하나가 헛되이
망극한 고요의 땅을 지나는 동안

끓으면서 얼어드는 폭포

가시처럼 목에 걸린

한 점의 호흡이
물을 문득,
돌로 부풀린다

분명하다, 어떤 극한은 화염이고
어떤 물질은 정신인 것이

물 속에 갇힌 광기,
얼룩불꽃 무늬를 이글이글 적신
타오르는

돌이 튄다
공중에도 몇 점 물방울이 날아올라
야생의 바람을 베어 얼리고 있다

빙폭 3

이월의 하느님이
협곡에 기대인 폭포를
천천히,
쓰러뜨린다

허허한 공중의 칼에 베인
지상의 허허한 빈 몸

나는 그 분이
빙폭의 투명을 두 손에 적시며
말없이
사라지는 걸 본다

무언가를 통과시키기 위해
번뜩이며 뼈를 드러내는 개울들
눈발에 허옇게 깎인 바위절벽, 그리고

금욕처럼 단단한 저 고요,
협곡은 이미 협곡을 빠져나가고 없다
여기 없는 것은
이 세상에 없는 거다

다만 뼈에 붙은 마음을 반드시 꺼내 가려는 듯
삭풍의 억센 손아귀가 몸을
들었다 놓았다
들었다 놓았다, 한다

단역들

완전히 잊어버렸던 사람들
십년 전 이십년 전의 단역들이
꿈에 나타난다 킬러처럼
칼이나 가방을 들었다
그들에게 일개 단역이었을 나
(어서 영화가 끝났으면!)

벚꽃 그늘 아래 앉은 나에게 다가왔다가
사람 잘못 보고
흐느적거리는 마임으로 스쳐가는
저 알 듯 모를 듯한 사내처럼

사람들이 사람들을 찾아다니고 있다

그림자가 그림자를 찾아다니고 있다

그러므로, 봄빛의 가장 깊은 그늘 속에는

동공 없는 눈을 부릅뜨고
떠오르지도 지워지지도 않는
꿈이 꿈을 찾아다니고 있다

입춘대길(立春大吉)

연록의 홑이불이 먼 들판에 깔린다

모든 고통이 다

병이 되는 건 아니다

창 아래 취해 쓰러진 그림자의

홀쭉한 속을 들여다본다

내장을 훑던 손들

돈과 섹스에 대한 망상까지 다

소화되고 없다

(이해할 수) 없는 것,

(불끈 껴안을 수) 없는 것,

그게 마음이다

나는 나을 것이고

이번 봄은,

아주 길(吉)하다

산

산을 보면, 들어가고 싶어진다
산에는
안이 있다

그곳에서,
돌들은 뜨겁게 달아
알이 되고
몸은 묻혀, 천년의 영혼이 된다

역사보다도 더 오래고 질긴 바람,
악써 반음 높여 노래하던 길들은
어떻게 산 속으로
사라졌을까

너무 먼 길 가다
철퍼덕
주저앉았을 때 들던 생각,

망가진 생을 견인해 가려는 듯
불끈 엎드린 길을
껴안고 싶을 때 들던 생각,

몹쓸, 인간의 바깥에도
멀고 먼 안이 있다
들어오라는 듯
들어오지 말라는 듯,
산에는
문이 없다

첫눈

두 시간 강의하려고 세 시간 기다리는
지방 사립대학 휴게실 창 너머 첫눈 내리는 날
태화산 팔부능선을 천천히 지우고
문득, 눈발은 사라졌다가
산기슭의 페어웨이를 휩쓸어온다
달아오른 찻잔을 만지며 나는
눈발을 움직이는 힘이
보이지 않는 바람이었음을 안다
그래, 눈보라는 바람의 알몸과
알몸을 불에 덴 듯 날뛰게 하는
막무가내의 마음을 보여준다
눈앞에 죽음이 어른거리는데도
비명 지를 수 없는 병자처럼
유리창을 움켜쥐는 바람의 손바닥들
오늘은 그가 아무리 작게 두드려도
심하게 흔들릴 것만 같다
사람 기다리는 일, 정처 없어도 깊어질 것만 같다

그러나, 시간 묻는 취객처럼

깜짝 찾아왔을 뿐인 기다림

뜨거웠던 찻잔을 식히고

휴대폰 진동 신호음에 놀라는 마음의

떨림은 오후 수업 끝나면 방전되어

저 산 어딘가에 지친 눈발들을 조용히 눕히고 있으리라

눈 온 아침

천지가 눈을 쓴 채 가만히 있다
지붕들도 나무들도
각(角)이 안으로 무너졌다
만만하여,
만만치 않다
마을 속의 마음
마음 속의 마을
겉으로 부풀어 둥글다
안팎이 있다면 다들
꼴이 같으리
당신, 누구와 한편
되어본 적 있어?
당신 편 하얗게 지우고
누구 편에 가 서본 적 있어?
물어쌓는 눈발

눈을 쓸면 새 길이 난다

세상의 모든 길을 낳는 골목
후미진 모퉁이에서
저 미지의 길끝까지 걸어가
가가호호(家家戶戶),
따뜻하게 쓸어오고 싶다
눈 온 아침

후평천에서

다시 코흘리개가 되어
책보 감고 헐떡이며 산길을 내달아
벌컥벌컥 후평천 물 들이켜고
발 둥둥 걷은 채 건너고 싶다
산 아래 맨 끝 마을
하학종 소리에 깜짝 놀라 흩어지는 송사리떼들

아랫녘엔 공장도 더러 선다 하니
이 물길 저 마을들 지나면 자욱이 몸 상하겠지만
그러나 아직 일부는
다행하다
단풍나무, 단풍나무라서 어린것도 빨갛게 물들고
재두루미, 재두루미라서 어린 놈도 허옇게 늙었다

빈틈

너는내말이라고는안듣고기차시간도잊어먹고빨리괜
찮다고말해,하고말하기나하고커피잔이나엎지르고사랑
해사랑해사랑하면빈틈이생기는거야말했지만나는용서
할수없어네부드러운빈틈속에들어가할퀴고닫아걸고당
기려애썼는데,아픔깊던어느날엔가너의빈틈문득닫히고
나는빈틈이집중인줄알았네네가집중을거두어울며간뒤
나는출근시간을잊고빗길에,결제일인가약속시간을잊고
빈틈투성이로서있네왼손에라이터를들고오른손으로라
이터를찾다가셔츠주머니에번진푸른잉크를보네너에게
서옮은가슴의푸른멍,나의빈틈나의집중빗길에흘러갈사
랑이었네

유리 그릇과 함께

번개처럼 뒷산자락으로 사라져간 푸른 새의 잔상
꿈이었을까, 멈칫
유리잔을 떨어뜨려 깨는 한낮
흰 액체를 게워낸 빈 그릇
을 보면, 도대체
이 그릇이 원래 여기에 있었던가, 싶다
흙에서 온 한줌의 형체
고열에 구워지던 그대로 우화해버리려던 순간에
몸을 벗은 정신은 산그늘로 빨려들어가고
기우뚱 몸은 저 혼자 놀았던 건데
왜 그곳에 그릇이, 사라지고 있었을까
다시 몸 속으로 들어간 정신이
깊은 한숨으로 수습하는 오후의 공허
전신 마취에서 깨어나던,
무언가 자꾸 치밀어올라 글썽이던 그때 같다
나는 있는 듯 없는 듯한 유리 그릇의 빛깔을,
아무것도 가두지 못하는 멀건 형식을

멀건 눈으로 본다

나는 그곳에 가봤어,

유리 그릇이 아직 꿈이 덜 깬 채

어떤 경계로 나를 부른다

휘청, 몸을 일으켜 손끝을 가져가니

칼날처럼 빛나는 그릇의 예각,

나는 손을 움켜쥐고 그곳에서 돌아온다

벚꽃 무한(無限)

벚꽃 그늘에 서면, 신 벗고 건너야 할 것 같아
그늘그늘한 그늘,
이 세상은 원래 어두운 곳이었네
어두워지는 마음, 안에 엎드려
오래 제 고통의 비린내에 황홀한 뒤면
아니야, 이 세상은 이렇게 밝은 곳이었네
벚꽃 그늘이 작년의 절정을 캄캄히 찾아
다시 세상의 때를 밀어놓았네
저 희디흰 멍자국들,
이 세상에 아름다움 바치러 무릅써 나오는 것들 앞에
읍하고 싶다, 그러나
아름다움보다 무시무시한 고독이 다시 있으랴
다 알아버려서 더이상 안고 싶지 않은
사랑을 외면하듯
벚꽃잎들, 벌써 벚꽃잎들을 어딘가에 버리고 있네
미풍도 그들을 상하게 하네
그러니 유고(有故)한 세월 지나는 이여

온몸 버팅거 간신히 홈리스를 면한 자여
느닷없이 잠실 야구장을 탈출해오는 파울 볼처럼
그대 인생 한번쯤 빗나갔다 생각, 생각한다면
저 하얗게 끓고 있는 벚꽃 동산의 화독(花毒)에
잠시 취하는 두려움은 어떠신지?
어쩌다 이 세상에 나와 형언할 길 없는
딴 세상을 만나는 복락이, 다시 있으랴

화끈하다

김장 김치를 담그던 여자가

붉은 배추 속을 말아 건넨다

붉은 고무 함지 안에 가득 찬 붉은 김치와

붉은 고무장갑과 붉은 잇몸이 웃는다

김치는 동물성이다

붉은 살과 붉은 피로 버무려진 내면 깊숙이

들어갔다 나온 붉은 손이 건네는

김치를 받아먹는다

육식성의 내면이 꿈틀, 한다

화끈하다

세월

하숙집 아주머니의 일생은
옛날의 술청 스텐 술잔가의 트로트 가락
얼결에 잦아들어 한 채의 누옥과
마당 가득, 다알리아 만발에 머물러 있다
나는 스물둘 불면증 환자
꽃밭의 무성한 속절 못 헤아려
향기를 비껴 서성인다

잠시 나가본 길에 평생이 있어서
그녀는 몸만 돌아온 것이리
다알리아 만발 저무는 날에
화장하고 목청 골라 술청에 나서리

지긋지긋한 슬픔

1

마음 떠난 사람을 엎드려 달랠 때처럼,
삶에서 영원히 지워진 술 취한 뒤끝을
억지로 기억하려 할 때처럼, 지긋지긋하게
나는 썼다, 지겨운 본업
너무 지긋지긋하면 죄 없이 벌받는 것 같고
위안받는 느낌이 든다
자위한 다음에 쓴 시가 좀더 오래 갔다
격(格)을 잃어야, 된다?
죄지은 후에 나는 아름다움에 가장 가까이 갔던 거다,
그러나
아름다움은 완성되지 않는다
절정에선 언제나 뛰어내려야 한다
지금 나는 칠없는 절정에서 떨어질 벚꽃잎을 받기 위해
노숙하고 있다

2

자석에 문지른 쇠붙이가 자성을 훔쳐내듯이
나는 닐니리 통밥으로 시를 훔쳤다, 죄송하다
밭에서 돌아와 수건 벗고
별다른 재료도 없이 잠깐이면
손이 부르튼 여덟 식구 앞에 넉넉히 한상 차려내던 어
머니
망치 하나면 집을 허물었다가 다시 지을 수도 있을 것
같던 아버지
결핍이 마술을 만들어냈던 거다
한때 너무 많은 것 가운데 하나였던 시는
이제 하나 가운데 여럿이다
하나뿐인 그녀가 나를
사랑하고 경멸하고 옹호하고 외면하듯이
매일매일 마음의 내의(內衣)를 바꿔 입듯이
너무 많은 것들이 숨어 있는 곳

나는 이제 결핍 속으로 들어와버렸다
가난 속 어머니의 밥상처럼, 시는
아무리 먹어도 배 안 불러지는
순 다원성 순 다양성의 진수성찬이다

3

땅 위의 새로운 목소리들이여
바람 속을 어디 날아봐라
햇빛보다 빨리 날아가도
그대들 도금 벗겨지지 않으면
그 새로움 인정해주지
날개가 부딪치는 곳, 그곳에 덫이 있어
한번 빠져나가봐라
십원짜리 욕을 해도 좋다
그 너머, 형언할 수 없는 바깥에서라면

그러므로 너무 빠른 그대,
오늘은 작파하고
동네 어귀의 놀이터에 나가서
아무것도 안하고 조용히 앉아 있었으면
언제 무너질지 모르는 건물들 사이에서
일 나간 부모를 기다리며
코흘리개들이 쓸쓸히 놀고 있는 곳
세상에서 가장 빠른 빛이 광속을 버리고
천천히 내려와
가만가만 아이들과 놀아주는 곳

4

　사람들은 이제 너무 잘 견딘다
　견디지 말아야 할 것도 견디고 견딜 수 없는 것도 견딘
다
　견디다니? 뭘 견디는데?

세상에는 견딜 수 있는 것과 견딜 수 없는 것이 있을 뿐
거봐, 당신은 아무것도 견디지 않은 거다
나는 90년대 시는 거의 읽지도 않았다
90년대는 나와 맞지 않았다
월세 살면서도 세상과 시비붙던 때가 더 나았다
이 지루한 짜증말고
나에게 분노를 돌려다오
악이 좀비처럼 일어나려 한다
나는 기분이 확 상해서 2000년대로 짬뿌하려 했었다
99년 달력을 사들고 집으로 돌아오면서
과연 이걸 다 넘길 수 있을까, 하던
걱정은 아직 머릿속에서 사라지지 않고 있다
40켤레의 발목을 옥상 위에 널어놓고
부르르 떨며 알리바이를 생각하는 사람
맛이 가서 참고 있는 사람
덤벼봐, 제정신으로 상대해줄게
내 슬픔은 빨랫줄에 널려

아직 춘향이 빤쓰처럼 싱싱하다

깊어갈수록, 헐값에는 팔 수 없는 싸구려가 되어간다

제2부

숲

　저는 이 숲에 오래 와보지 못했습니다 번쩍이는 어둠들을 기웃대며 환약처럼 메말랐으니까요 그 도시의 빈 길에서는 부글거리는 명상의 자판기를 건드려 목을 축이고 제가 떠나고 떠나고 떠났지만, 당신은 멀고 저는 아득하였습니다 젖어 있던 허구헌날 구두 신은 구름의 나날 제 입술이 처음 당신 숨결과 부딪던 순간을 기억하십니까 끈끈한 점액의 넝쿨이 입 안에 우거져 젖은 몸을 휘감고 달빛 가린 숲 사이로 마음을 나아가게 하던 일, 제 생의 밤의 시작을

　밤 숲은 아주 작은 빛들의 모임 같습니다 오색을 쏟아내는 전기의 집에 담겨 제가 당신을 꿈처럼 잊은 날도 있었습니다만, 몽매한 제 내부에도 간혹 닳은 한 잎의 밝음이 있어 치렁한 억새 손 사이 향긋한 당신의 물 노래를 듣게 합니다 저는 흘러, 이 숲의 끝에 가보지 못했습니다 당신이 이끌고 가는 어둠의 심연, 제가 얼마나 헤매야 그곳에 닿겠습니까 당신은 왜 저에게 형형한 밤 새의 눈을 주지 않고 지칠 줄 모르는 그리움의 두 발을 주셨습니까

하염없는 오월

이층 진료실 앞 어두운 복도 의자 위에
태평양을 건너온 아내가
어머니의 손을 쥐고 앉아 있다
젊은 아내와 늙은 아내가, 싸웠다가 화해라도 하듯
제휴하고 있다는 생각이 들었다
하얗게 도끼다시한 천국의 계단을 걸어내려와
모과나무 그늘이 차일을 친 현관 쪽으로 걸어갔다
걸어가다 돌아보니 의료원 뒷문 비상구께가 섬뜩, 컴
컴하다
환자라기보다는 무단결석한 농땡이들처럼 잡담하는
입실 환자들 옆에서 담배를 피운다 至毒하다

어머니는 아프다 이 아픔 내 다 물려받는 날이면
문득, 생을 접을 것인가 불치 불치
젊은 의사가 비방이라는 주사약을 어머니
무릎에 찔러넣는다 진통제, 의사는 개업하거든
찾아오라고 한다 사기꾼 같은 X 의대 갈 걸 그랬어

어머니, 슬하에 가득해요 상처의 꽃
쩔룩거리는 어머니를 아내와 부축하는데 어머니
위를 움켜쥐고 어머니 갑상선이 꿈틀꿈틀
움직인다 이 생의 마지막 선물, 경련? 꿈틀,
눈꼬리를 떨며 본다 병원 뜰을
오월 햇살이 너무 환하게 덥혀놓았고
저 나무 그늘 아래 잠시 쉬어 가자, 하신다
이렇게 따뜻한 세상의 녹음 아래 날 낳아주신
어머니, 저 세상에는 제가 먼저 가서
모과나무 그늘마다 햇살의 등 달아놓고
그곳에 당신을 처음 낳아드리고 싶어요

골부리 반 되 부추 한 단 간고등어 두 손이 든 가방을
어머니 쩔쩔매신다 터미널엔 의성행 버스가
너무 일찍 도착했고, 아내가 차창 밖으로
내민 어머니의 손을 잡고 운다 제휴가 결국
떨어져나간다 나는 아득해도, 안될 것 같다*

무사하거라, 어머니 나로 하여

아직 이 세상에 뼈저린 기대가 있고

나, 세상에서 가장 사랑하는 늙은 아내와 오늘 이별한

뒤

세상에서 가장 사랑하는 젊은 아내와 내일

이별할 것이다, 큰 바다, 하염없는 오월 안고 가면

나는 또 두 사랑 사이를 가출한 짐승처럼 헤맬 것이다

* 박재삼의 「아득하면 되리라」에서 연상함.

비누에 대하여

비누칠을 하다 보면
함부로 움켜쥐고 으스러뜨릴 수 있는 것은
세상에 없다는 생각이 든다
비누는 조그맣고 부드러워
한손에 잡히지만
아귀힘을 빠져나가면서
부서지지 않으면서
더러워진 나의 몸을 씻어준다
샤워를 하면서 생각한다
힘을 주면 더욱 미끄러워져
나를 벗어나는 그대
나는 그대를 움켜쥐려 했고
그대는 조심조심 나를 벗어났지
그대 잃은 슬픔 깨닫지 못하도록
부드럽게 어루만져주었지
끝내 으스러지지 않고
천천히 닳아 없어지는 비누처럼, 강인하게

한번도 나의 소유가 된 적 없는데
내 곁에 늘 있는 그대
나를 깊이 사랑해주는
미끌미끌한 그대

마루 밑 열대

　세월에 손을 댄다 뜯어낸 마루 아래가 금방 희게 바랜
다 빛의 무덤 속, 바람이 깁고 지나 뒤란까지 길 나 있다
피 뽑는 걸까 새마을 모자 하나 고개 숙이고, 걸어간다
고샅길 별자리 더듬는 외짝 검정 고무신, 빈 저울대 받들
어 총이 들릴 듯도 말 듯도 하다
　반짝이는 것들, 한 평범한 사내였을 뿐인 아버지 향해
날리던 사금파리들 아부지 미워 엄마 죽지 마세요, 그 울
음 그을음으로 삭은 다음 다음날에 더욱더 반짝이는 것
들, 은(銀)처럼 은은한 먼지를 옷 입고 생리중이다 저 헝
겊뭉치들, 어머니의 것일까 누나의 글썽이던 처음일까
　사람이 버린 것만이 이렇게 온전하여 마루 위 식솔들
공기알처럼 흩어질 때 눈먼 바람 눈먼 세월을 허락해 일
가(一家)를 이루었다 겨울밤의 놋요강은 여전 지리고 귀
떨어진 무쇠 화로가 화끈하다 푸르러 산으로 돌아가는
개간밭들 건너다볼 때 털손 대지 마, 쥐어박듯이 불인두
하나 눈시울을 눌러온다 마루 밑에 열대가 있다

집

마야 유적지 치치까스, 6월 24일 토요일 흐리고 눈앞이 캄캄한 폭우, 여기도 A.D. 이전이 있어요 형, 그는 다시는 고향에 돌아가지 못할 운명이었다,라는 이상한 영어 문장 생각나요? 나의 대척지인 당신의 집 나의 집 우리 집, 떠내려가지 않았죠? 그 공중의 집

그때 나는 집에서 벗어나려 했다 아무도 날 이기지 못했다 그러나 떠난 길 위에서 나는 술집이건 밥집이건 사상의 집이건, 집으로 들어가려 하고 있었다 필사적으로 함께 밥 먹는 입들, 즉 식구들이 있어야 하는 곳 그러나 숟가락 놓고 일어서 나와버린 사람, 나는 벌받았다 집이라 불리는 그곳에, 아무리 들어가려 해도 들어가지지가 않는다 빗방울 굵어지고 어두워오는데, 집을 굳게 닫은 오랜 대문, 종암동 96-2, 서울, 코리아

귀가

나는 아니야, 하지만
너도 아니니까 잘 가
우리 다시는 마음 열지 말자

을지로에서 한 잔 종로에서 두 잔
마시고 욕하고 외면한 다음
여기 안암로터리
돌아서 걸어가는 친구의 뒷모습이
그도 결국 혼자였음을 알려준다

넌 이제 아무도 없는 곳으로 걸어 들어가
문을 잠그겠지
홀몸이므로
얼마나 오래 불타야 할까

이봐, 홀몸이란
자기 속으로 숨어버리는 몸 아닌가

숨을 곳을 찾는 몸 아닌가

이봐, 몸을 떠난 내 목소리 안 들려?
몸이 떠나버린 혼잣말 안 들려?

나 또한 아무도 없는 곳으로
돌아서면서
나의 집, 그 텅 빈 응급실에
병 걸린 사람처럼 눕기 위해
돌아가면서

2001 — 세렝게티, 카불, 청량리

결국, 이번 세기도 전쟁으로 시작한다
어딘가에 악이 있는 것이다
역 광장의 시계탑과 외양이 사뭇 개신된
오팔팔 입구가
멀건 햇빛에 둥둥 떠 뵈는
역광 속의 이층 까페에서 두 시간을 죽인다
시간이 남아돈다
박사 받고 놀고 있는 조 선배에게
나는 오사마 빈 라덴이 의외로
선하게 생겼다고 말했다
한 십년쯤 전에 좆이 부시,라고 쓰던
고향 시인이 생각난다고 했다
그는 그의 아들이다*
욕을 하면 쓰나, 조 선배는 웃지만
그의 윤리학이 그의 문제를 해결할 수는 없다
청탁받은 자는 두 시간이 넘도록 나타나지 않고 있다
부활하는 뱀파이어처럼 여기

저기에 악이 있다

악은 제 스스로의 힘으로 제 스스로를 설명할 수 없는
지진아다, 오우

어떤 '무한 공포'(infinite fear)가 우릴 쌔리고 간다는
느낌

동물의 왕국을 서서히 지우는 세렝게티의 유사처럼

우기를 알리는 사바나의 뭉게구름처럼

17시 55분, 꿈틀거리는 인파를 내려다보면

껴안았던 알몸이 모두

사랑이 되는 건 아니다

사람이 사람에게만 관심 있는 건 아니다

외설악의 단풍은 지금쯤 어떨까

태백에서 안동 가는 그 길 십년 전 그대로일까

무자헤딘들이 까라시니꼬프를 들고

학살의 땅으로 실려간다, 웃는다

삶보다 죽음이 더 열렬하다

혼자 있는 게 더 행복한 거,

이게 퇴폐지요, 조형?

제 결함마저도 과장하고 싶어하는 거,

그게 당신의 약점이야

당신 안에는 당신만 있는 게 아냐

그렇다, 나는 늘 내가 나 아닌 무엇이라고 주장하고 싶

어했다

내가 고통받는 인간임을 선전하고 다녔다는 점에서

나는 식자이기보다는 거지에 가까웠다

한국의 K선수가 월드시리즈에서 역전 홈런을 맞는 동안

'신의 제국' 전폭기들이 카불 전역을 불바다로 만든다

자기 소거의 광기라는 점에서는

전쟁과 평화는 한통속이다 불과 한 채널 옆이다

두려움과 동경과 신경증으로서의 청량리

내가 군복 입고 세상에서 가장 멍청하게 이곳을 지나

가던 그 해

그는 호송차에 실려 남으로 갔다고 했다

이번 동면은 무사히 넘길 수 있을까

우리가 강자가 되어도 한편일 수 있을까

이제 굶으면 진짜로 배가 고프다

증오에는 힘이 없다

얼굴을 일그러뜨리고 공중화장실 문을 두들기는 새벽
의 홈리스처럼

절박한 생, 아니, 이 절박이 진짜일까 이렇게

징징거려도 되는 걸까 이따위 생이 진짜 마지막 생일까

깨진 트렁크 같은 소련제 트럭은 고개를 넘어갔다

세렝게티는 죽음 같은 모래의 침묵에 덮였다

조형, 죽음 직전은 어떨까요? 나는

약간 떨면서 우물거렸다

도저히 웃을 수 없는 표정으로

더플백 둘러맨 신병들이 역 광장에서 앉아번호 하고
있고

말세가 지났는데도 여전히 사이비 종교 신자들이

지난 세기의 동작으로 춤추고 있고
박사는 대답이 없고, 그리고 무엇보다도
유구한 악이 있다
엄살하고 발광하고 폭격하고 땐스하는
이 엽기,
를 나는 여기서 본다
다른 세상을 비추러 가는 저녁 해의 황홀한 광선,
나는 아직 명(命)! 받지 못했으므로
제 자신조차 이해할 수 없는 순간이 찾아와
오래 떠나지 않고 있으므로

* 고향 시인은 안동의 안상학이고 '그'들은 부시이다

지하(地下)

한손으로 손잡이를 잡고 떠밀리며
기합받는 자세로 '스포츠 조선'을 읽는 청년
의 어깨 너머로 기웃거리는 대머리 신사
아찔하다, 저 무서운
집중을 보고 있노라면
활자에는, 뱃속을 다 내놓고도
사람을 태연히 걸어다니게 하는
산 귀신이 썬 것 같다

보지 말아야 할 것을 자꾸 보면
앞이 어두워지는 것
신문 따위로 세상이 읽힐 리야 없는 것
어서 집으로 가자
저 헛것이 날 읽어버리기 전에

헌책들

원수의 멸망을 보려거든 그가 늙을 때까지 기다려라
늙으면 필연코 추해진다

화장으로 가릴 수 없는 시든 주름들과
힘 빠져 늘어진 뱃가죽,
저 웅크린 매음녀의 짧은 한평생을
보라, 침처럼 흘러내리는 중얼거림이
그 옛날의 흔해빠진 사랑의 고백이거나
노골적인 호객의 대사임을 듣고
그대는 놀라리라, 스스로를 팔기 위해
악착같이 이 거리에 매달린 생이
늦은 11월, 떨어져 비 젖은 나뭇잎과
쓰레기를 닮아간다는 사실,
문득 술 취한 어느 손길이 그녀의
팔을 잡았다가 깜짝 놀라 물러설 때도
희미하게 그 어둔 눈빛 반짝인다는 사실,
이 거리의 어느 누구도 목숨이 다하는 날까지

팔리기를 포기하는 법은 없다, 그러나
그녀의 늙음은 너무 빨리 찾아왔다
그녀의 늙음은 너무 쉽게 노출된다
상처를 이루지 못한 비싼 사랑의 흔적들이
정액처럼 표지 위에 얼룩져 있다

신간 코너에서 베스트셀러 코너로,
재고 도서로 쌓였다가 다시 무수한 손을 거쳐
지루한 세일 기간 동안 싸구려로
드디어 제값으로 팔리기 위해 나와 앉은 헌책들

순대

순대 전문집 가스불 위에서 김 뿜는 순대덩이들
뼈 잃은, 짐승의 생식기 같기도 하고
어린 시절, 뽐뿌로 바람을 넣으면
탱탱하게 부풀어오르던
빵꾸 때운 자전거 튜브 같기도 하다
저 속으로 꿀꿀이죽이 쏟아져 들어가
용적을 늘리고 간과 불알을 키워도
결국 텅 비어 쭈글쭈글한 주름 주머니
아니겠는가 아래를 묶었던 허기가
풀리면 와르르 새버리는 구멍
저 안은 공(空)인가 색(色)인가
금욕처럼 조용한 오후 세시
순대집 아줌마, 고무 다라이에 가득 찬 내장을
고무장갑으로 주무르고
순대 주세요
저는 허기로 밑을 꽉 조인 구멍이에요,
물론 조금 있으면 또 헤벌어지겠지만요

나는 순대를 소금에 찍어 입에 넣는다
빵꾸난 길다란 순대 속으로

한씨네

한씨는 더이상 살지 않는데
사람들은 그 집을 한씨네라 부르고 있었다
큰길에서 떨어진 외딴집
버려두어 무성하던 마당의 한적은 줄고
방이 몇 칸 늘어 있었다
민박이라고 써놓은 담장이 무너져
채마밭이 안 보였다
누이가 무릎을 잃은 마루 끝에 앉았을 때
강설처럼 쏴아
배추흰나비떼들이 날아내렸다,
사라졌다

현기증 일듯 어지러이 떠난 사람들
에 살던 크고 작은 한씨들이
흘러가 딴 세월을 시비하는 동안
절름거리며 누이는 이곳에 남았다
한철살이 인부 하나가 아예 눌러 살면서
그녀는 홀몸을 잃고 호적을 바꾸었다

손님이 늘기도 줄기도 한 석삼 년에
아들 하나 딸 하나
떨구고, 호적에서 지워졌다

그녀가 거친 두 발을 버리고
가볍게 날아간 앞산 중턱
한 칸 건너 구름 낀 빈 들
또 건너 한씨네 찾아드는 에움길에
이제 이 고요를 관장하는 이가 온다
사십줄에 자식 둘을 본 집 주인이
하나는 태우고 젖먹이는 업고,
자전거를 끌며
세 살러 온 사람처럼
일어서서 공손히 그를 기다리는 동안
빨랫줄에 아이들의 저고리가 나란히
바람 한점 없는데도
달싹달싹 잠투정을 하고 있었다

독방

60×40×180cm, 그의 몸을 담은 갈색의 나무 상자를, 반짝반짝 윤나는 옻덩어리를 메다 버스에 싣는다 그는 흰 포승에 묶였다 세 살던 집 대문을 나가 동대문을 지나고, 덜커덩 신호등에 걸렸다 풀려나며 느리게 한강을 건너 차가 서울을 벗어나는 동안 짐칸에서, 그는 불평 한마디 없다 노래방과 파출소와 식당을, 서울에서 광주로 이감 가듯 능수버들이 때리는 비포장 도로를 지나면, 아이구 여기도 사람이 사네 휴게소에서 한잔씩 걸치고, 바퀴를 이용할 수 없는 산길은 친구라 이름하는 자들이 메고 간다 무사한 그들은 오늘따라 쭈뼛쭈뼛 시키는 일만 기계적으로 할 뿐 신부가 미사를 진행하는 동안 흙 묻은 발등만 더듬고 있다 신부는 약 이십분 간의 긴 세리머니를 거의 외운다 그만이 저 쓸쓸한 짐짝을 이곳 아닌 먼 곳, 무덤 아닌 곳으로 인도할 수 있다 불경한 몇은 마술을 구경하듯 멀뚱멀뚱 그를 바라본다 그의 성을 받은 아이들이 그제서야 빽빽거리며 울고, 그래 그래 핏덩이들을 떼어놓으면서 나는 그가 이제 그들에게 일개 봉분에 지나

지 않을 것임을 안다 찬물을 끼얹듯이 빗방울이 날리고 신부는 끝내 그를 보낼 수 없다 그는 다시 어둠에 갇혔다 나는 언젠가 책을 넣어 줄 때와 비슷한 기분으로 책 대신에 흙을, 흙빛의 현세를 그의 닫힌 문에 뿌린다 (누구십니까? 그는 천천히 몸을 일으킨다 이 포승, 그렇지 깜박 정신을 잃었지 아아 정말 죽는 줄 알았어 뭐라구…… 또 독방이라구?) 자욱이 비에 씻기는 저승의 아파트먼트, 산 전체가 독방이다 나는 비를 맞지 않기 위해 버스로 뛰어간다

근조

　마을에 더 무엇이 있겠는가 떠난 그의 마지막 연락, 나는 어제 저녁 갑자기 조객이 되었다 그는 기릴 만한 아무 것도 남기지 않았으나, 욕망에 쉬 젖고 마르던 시든 몸은 수거해가지 못했다 그것이 그의 생애에서 가장 무거웠으리라 나는 그의 단골, 허배를 마친 이웃들에게 패를 돌린다 우울할 리도 귀찮을 것도 없는 투전판 위에 툭 떨어지는 낙엽, 우겨쥔 막장의 끝발이 그들을 가볍게 할 것인가 죽어 검은 어육을 으적거리는 입들 그를 흉내내 이 판에서 살고 죽는 사이에 밤이 깊어 오리라 알며 알지 못하며 분주한 손가락들 초롱한 손끝의 뼈다귀들 그를 잃고 돈을 잃고 또 무엇을 잃겠는가 고도 스툽도 여의치 않은 여기는 그의 생전, 털고 일어나 영안실의 푸릇한 장막을 본다 그가 아직 그 너머에 담겨 있을까 없을까 일생의 좌판을 거두어 처음 한턱 낸 기분이 어떠신지 이쪽은 눈 감고 그쪽으로 눈은 뜨셨는지 골목 끝에 그의 삭신이 반짝 멈춰 선 듯하다 마을이 허락하지 않은 그를 덥석 안아준 마을, 미지의 저 심연을 밝혔다 서서히 어둡히는 황금빛 弔燈 둘레

종묘 시민공원

종묘 시민공원에 앉아
내가 항의도 못하고 조용히 미쳐갈 때
느닷없이 발등을 때리는 빗방울
그 비 멍청히 견디면
종로는 처음 와본 길인 듯 흐릿하게 닦여 있다
저것이 거죽을 샤워했을 뿐인 시든 몸이지만
새로워지기 위해 세상은 다시 착시를 요구하지만
때를 씻는 일이 나쁘지는 않지
거죽을 통과하지 않고는 제 마음에도 닿을 수 없지
그 뚱뚱해진 시인의 푸념을 깊이 이해하면서
나는 버거운 몸뚱이로 앉아 있다
여윈 마음은 행색(行色)을 지닐 수 없으므로
흙빛의 늑골 안에 생맥주처럼 끓고 있으므로
거품 같은 겉,
뚱뚱한 몸은 흉하다
전열을 정비하던 십년 전의 페퍼포그 차가
하늘로 다연발탄을 쏘아올린다 벚꽃 만발

그러나 십분 전에는 소나기가 찬물을 끼얹고 갔지
비 맞고 바라보면 세상은
시멘트 바닥에 뽀글거리는 기포들까지 스스로 명료하고
오직 인간만이 모호하다
다시 몰려든 노인들이 종이 컵에 진로(眞露)를 따라 들고
서로를 외면하는 듯한 자세로, 엉거주춤 짝지어
막춤으로 흔들거린다
흔들어야 가눌 수 있는 삶?
저 나이에도 매매춘이 있으니 어떡한다?
현해탄 쪽을 더듬는 횡보의 좌상 곁,
그러니까 엉뚱한 곳에서 한참을
욕하며 기다렸다는 사실을 깨달았던 그때부터
나는 이곳에 없어야 할 사람이었다
아무도 상대할 일 없는 사람으로서 나는 여기에
없는 사람이었다, 다만
사이비 종교 신자들이 한바탕 북 치다 떠나가고

다시 비를 뿌리기 위해 검은 구름이 IMF처럼

그림자를 늘이고 있을 뿐

디스를 꺼내 보니 필터까지 젖어 있다

재탕 삼탕한 포르노 비디오 화면처럼

흙먼지로 시뮬레이트된 오색의 길,

눈앞에는 현실보다 더 현실적인 착시계가 있다

분명히 망가진 적 있는데

자신의 병력을 기억할 수 없는 사람

이곳을 흘러간 시간 속의 전과에 대하여

어떤 알리바이도 없는 사람

그리고 그의 지루한 반성

끌려가는 길은 아무도 막지 않는다

저것 봐, 히로뽕 맞은 사람처럼 맛이 가서

어딘가로 서서히 이동하고 있는 벚꽃 행렬들

가출

밭일을 안하려고 달아났다가
매 맞고 쫓겨나
흙담벽에 쪼그려 울던 아홉 살
잘못했어요 다시는 안 그럴게요
이 악물고 웅얼거리다 보면
성큼 다가선 어둠이 날 잡으러 오고
식구들 숟가락 소리
물 긷는 펌프질 소리
으앙 뛰어들고 싶은 마음 끝에서 까무룩
잠들면 어둠이 안고 가던 먼 곳
공납금을 들고
어디선가 부르는 소리 있어 따라가면
종착역의 대합실이거나 버려진 바닷가였다
이리 와,
이리 와서 젖어봐
간질거리던 물소리에 홀려다니다
돌아와 저문 창 아래서 올려다보았을 때

아버지 술 취한 목소리

어머니 속 앓는 소리, 들리고

담배를 붙여물고 어두운 동구밖 노려보면

사정없이 뺨을 치던 바람의 손바닥들

늙은 과수원 늙은 처마 밑에

다시는 태어나고 싶지 않던 열여덟

서로 보듬을 겨를 없이

식구들 깨진 쪽박처럼 흩어지고

서울 하나 부산 둘 인천 하나로 찢어지고

불현듯 서까래에 금가듯, 세월 흘러

십년씩 십오년씩 가출한 채로

퇴근길 골목 어귀에서

영남 산간에 호우주의보 뉴스를 들으면

담벼락에 새기던 식구들 얼굴

그 낙서 그대로 달고 떠내려갈 집인들

남았을까, 열여덟처럼

담배를 붙여물다가

핑 도는 서른 살
한번도 되짚어 가지 못했는데
아직도 담벼락 아래다 벌거벗은 창밖이다
무단 결석이다 변소 청소다 담배 꽁초다

메리 크리스마스

징글벨 고요한 밤 거룩한 밤,
개 짖는 밤에 전화를 받았다
메리 크리스마스
혼선 탓이었을까,
나는 그로부터 심한 욕을 들었다

세상이 평화에 빠져 심심하지?
평화 뒤에는 굴욕이 온단다
메리, 메리, 크리스마스

검은 장갑 하나가 기어나와

군사 파쇼, 살인마, 미제, 한줌도 안되는 자본가들에 대
한 적개심?

팔팔 고속도로상에서
갑충 같은 꽁무니를 꿈틀대는 수 킬로미터의
차량 행렬 속에서
게눈처럼 목을 빼고 앞을 살필 때,
개 같은 의사새끼들 모조리 한강에……
꾹 참고
아내의 손을 잡고 병원 문전에서 돌아설 때,
세금을 내도 고지서는 날아오고
여전히 민방위 대장은 반말지거리고
부장놈은 또 월급을 잘라먹은 것 같다, 어쩔래
빙글거리고, 말없이 옥상으로 올라갔다가
숨 내쉬고 천천히 다시 걸어내려올 때,
구정물을 끼얹고 달아난 티뷰론을
붙잡기만 하면 붙잡을 수 없나 붙잡는다 한들
빗길에 서서 고요히

저지르고 싶은 저온의 손을 부르르 떨 때,
혹시 도(道)에 관심 있어요?
있고 말고, 근데 넌 어떻게
道에 걸렸니? 아프지는 않니?
나에게 도를 가르치러 허락 없이 다가오는 자
道의 배후에 숨은 교(敎)를 베어주마
세상은 좋아지지 않았다 다만
견딜 수 없이 소란해졌을 뿐
퇴근길 한 시간 내내 휴대폰 꺼내들고
낄낄 깔깔 꿀꿀거리는 옆자리
뒷자리 놈들 년들 젊은것들 늙은것들… 사뿐히
베어버리거나 베여버리고 싶을 때,

　참으면서 망가지는 한 사내의 서른여섯 해를, 통째로
버스를 먹어치우는 어둠속에서 검은 장갑(掌匣) 하나가
기어나와 저들의 두 눈과 저들의 목줄기와 심장과 피와
성기와… 오, 갓

내각리 옛집

내각리에는 늙은 집들 있다
국민학교 시절, 학교 끝나면 불러 모아놓고
서무과 누나가 나눠주던 구호품,
옥수수빵 껍질 같은 지붕을 덮고
'立春大吉'이나 붉은 글씨의 '개조심',
경고문을 써붙인 대문들 아직 있다
세월에 '어름' 을 파는 담벼락 허리춤에도
봄날은 다시 와서, 저녁길
어스름 저녁길을 수선하고 있다
뼛국처럼 뽀얗게 스미고 있다
80년대에 학교 다닌 60년대 생,
새 천년에 다시 80년대로 이주한 삼십대들이
일 끝내고 돌아오는 47번 국도
국밥집이 있는 정류장
둥근 흡반의 골목길
감꽃 지는 완자창에 가만히 귀 대이면
한숨 소리 숟가락질 소리

아직도 바깥을 떠돌고 있니

묻는 소리, 시큰거린다

내각리엔 옛날 집들, 옛날 집들 비어 있다

앉아 있는 사람

관리실과 쓰레기 처리장 사이
산벚꽃 그늘 아래
그는 앉아 있다
산벚꽃 그늘이 그를 곱게 빗겨놓았다
지나가던 발걸음들이 불에 덴 듯 그를 피해 간다
그러나, 개와 인간들과 굴러다니는 기계 따위에는
눈길도 주지 않으며
그는 형체도 빛깔도 소리도 없는 무언가를
상대하고 있다
무언가를 앉은 채로 받아들이고 있다
산벚꽃 그늘이 그를 이곳에 간신히 붙들어둘 수 있을
뿐
그는 그의 삶의 절정에 붕 떠 있는 거다
휴일마다 나는 그의 천국을 본다
얼마나 열렬하게 허공을 끌어안고
얼마나 쉴새없이 중얼거리는가
설사 식솔들이 금방 불에 타 죽거나

시뻘건 불칼이 목을 겨누더라도
그는 그따위보다 더 위중하고
형언할 수 없을 정도로 태연하다
누구에게나 억세고 분명한 마지막이
그에게 찾아와 오래 설득하고 있는 거다
그의 입가에 흐뭇한 웃음을 매달아주고
고요하고 끈질기게 함께 침 흘리고 있는 거다
산벚꽃 발 아래 흩어지고
산벚꽃 바람에 날아가고
그가 문득 깨어나 자기를 알아봐줄 때까지

관리실과 쓰레기 처리장 사이에
그는 이제 더이상 앉아 있지 않다
그의 안 보이던 유족들과
몇 안되는 친구들이
그의 열광을 검은 땅 위로 끌고 갔다
그리고 저 이상한 눈부신 기록,

산벚꽃들 바람에 날아가고
나는 천천히 그에게로 다가가
천천히 그의 빈 의자에 앉아
불에 덴 듯 나를 피해가는 개와 사람들을 본다

함박눈

강의동 현관의 '잡상인 출입 금지' 푯말 앞에서
속이 뜨끔해지는 선생
그의 철지난 레퍼토리, 몇년째
같은 걸 틀고 있지 같은 거밖에 안 주나
가르치기는 하되 '쫑'이 없는 사람
이 생 전체가 집행유예이고 무임승차이다
셔틀버스로 고속터미널까지
다시 전철로 종로 3가까지
팔지도 못한 나물 부스러기를 다시 쓸어담는
지하철 계단의 아낙네들
이 생을 보자기에 싸서 어딘가에 버려다오
이번 달 강사료는 흔적도 없이 빠져나갔을 것이다
몸을 먹여 살리느라 방치한 내 마음
을 아실 이 내 마음은 호수요 내 마음 나도 모르게
가판대에서 뉴 밀레니엄 복권을 사는 선생,
연말은 언제나 파산지경인데 새 천년인데
왜 중력이 있을까, 인간은 벌레나 잡아먹는

새로 진화할 수도 있었을 텐데
벌레 먹고 맴맴 날아다닐 수 있었을 텐데
지금까지 축적한 지적 예술적 반성적 성찰과
세기말의 우울과 첨단의 퇴폐를 잘
노골적으로 비비면
베스트셀러 하나쯤은 써낼 수 있지 않을까
그런데 예술적 거시기를 그런 데 써도 되나
내게 첨단이 있기는 하나
자꾸 뜨끔거리는 허리가 디스크일지도
몰라, 이제 아무 여자와도 잘 수 있을 것 같아
좌판들이 종로통을 수놓듯이
잡념이 뇌를 늘렸다 줄였다 하는 동안
오지 않는 버스를 기다리며 욕을 삼키는 선생
씨발, 개떡, 좆도, 하는데 웬
청년 하나가 다가와
아으씨 테프 하나 사쇼, O양 L양 B양
다 있어요 다, 양복 소매를 깜짝

잡았다 놓는다
아니, 이 사람이 벌건 대낮에 선생한테
화들짝 놀라 가방을 덜렁거리며
경중경중 뛰어가는 선생, 근데
그는 어떻게 날 알아보았을까
아아 멀리 있는 그대여, 눈 내린다
인간의 시간을 재우려
함박눈 내린다

관심

아프지도 않으면서 전화로 휴강시키고

우히히히, 베개를 끌어안고

뒹구는 사람

거짓말을 밥 먹듯이 하는 사람

금방 거짓말이 될 비밀들이

가슴속에 가득한 사람

사람을 만나기만 하면 혼자가 되는 사람

휴대폰과 인터넷과 디스커버리 채널의

정글 너머에

어쩌다 출몰하는 사람

사람이 되란 말이 가장 무서운 사람

사람인 듯 사람인 듯한 사람

나는 이 사람이 이상하다

나는 요즘 오직 이 사람한테 관심이 있다

앉아서 말하다

먼 곳의 조사(弔事)에 다녀왔다
서울은 날이 풀려 역력히 스산하고
집 뒤 논밭들이 접히거나 펴지는 듯 희미하니
눈이 녹는가보다 삼동에도 세상은 젖는가
보다 젖은 옷을 털고 늦은 점심을 지어 먹고
술을 한잔, 딱 한잔만 따라놓는다
(차였으면 좋았을 걸) 독에 길들여진
몸이 다시 독을 찾는데, 손이 떨린다
남의 죽음 곁에서 나를 설명하느라 헤맸다
오랜만에 사람 만나면 무슨 말을 해야 할지 모르겠다
폭설 속에서 차는 밀가루 반죽처럼 꾸물거렸다
멀고 오랜 곳에서 돌아온 나를
기억하지 못하는 가구들, 장식이
없는 벽들, 잊혀진다는 것은 나의 공포였으나
아무도 없는 곳이 이렇게 아늑할 줄이야
결국 혼자가 되기 위해 여기까지 온 것인가
이곳이 대체 어딘가 또 문을 열어놓았던가

나는 다정하지가 못했다 메마른 세월을
밟고 다녔을 뿐 정강이도 눈빛도 각이
부풀었다, 날로 생각나는 건
이 세상에 내 것이란 애당초 없었다는 것
그렇지, 동의하듯 다시 날리는 눈발
잔을 들고, 제 위의 발길들 지워주면서
마을 잃은 길들이 끝내 자기를 지우는 걸 본다
산기슭의 희미했던 경계가 사춘기처럼 컴컴해지고
긴 잠을 준비하는 새들이 남천(南天)에서 온다
깜박, 불이 꺼지듯 나는 깨달았다
나는 다만 오래 나를 떠돌았을 뿐
세상의 둥근 의자에 앉아 있으면 자객처럼
어디엔가 완전히 묻혀버리고 싶은 생각이 들고
나의 생에 발 씻고 간 자들이 눈앞을 지나간다
바깥의 어둠, 천천히 걸어 안으로 들어온다

이 길은 숲 같아서

무심한 길인 줄 알았는데,
언 발을 인도해
옛날 애인의 집 아래 부리는 때가 있네
이 길은 숲 같아서
그녀 집 앞 쓰레기 부스러기 같은 기억으로도
한참을 벌개졌다가 돌아오네
잘 분리된 채, 개천가 뚝방 따라
바람 맞으며
발바닥에 들러붙는 진흙처럼
세상에 쉽게 끝장나는 건 아무것도 없네
내게 자꾸 과거가 생기는 것 겁나네
삐걱이며 목교를 건너 뭘 팔러 가는 사람들
피안(彼岸)으로 가는구나
했는데, 피난에서 돌아오듯
주렁주렁 두 손에 뭘 사들고 오네
뚝방 아래 잘 얼린 개 한 쌍
쟤들도 지들 생에 몰두하고 있는 거지

죽어라 핥는 거지

버드나무 등걸에 기대면

교미하는 암컷처럼 눈이 감기는 것도 사실

눈속임 깜짝쇼 같은 거지, 낙(樂)이라는 거

그거, 난 아프니까 알 것 같네

닿으면 뽄드같이 몸으로 날 놀아버리는,

안 놔주는 빨판이 있다는 걸

이 길은 숲 같아서

나 그만 놀고 건너가려네

하는데, 펑크머리 하나 불 빌려 가고

아, 쟤도 빵꾸네, 뒤늦게 깨닫는

내가 여전히 저만치 바람 맞고 있네

맴맴 놀고 있네

가배얍게

모두 제 나름대로는 최강의 인생들이다
이따위 흑백 TV 같은 술집에
앉아 있어서는 안될 이력들이
아구살은 오천원이어야 아니 육천원이어야 한다고
대중이 칭찬하면 엎어버린데이
나도 놀았다면 놀아본 놈이야, 침 튀기며
사십줄 육십줄에 아직 팔뚝 자랑하며
안주 없이 술만 비우는 실비집 어쨌든
오천원이 맞아, 맞나? 팔씨름으로
결판내다 결국은 입씨름이나 하며
반드시 밝혀야만 하는 위아래가 있고
끝까지 우겨야 하는 삶의 법도가 있다고 믿으며
단풍잎처럼 붉어가는 얼굴들
의리나 따지며 생은, 나날이 미숙해져가고
말이 샌다, 번개탄처럼 가볍게
결기가 죽는 동안 술잔에서 술이 날아가는
허구헌 날

사내애들 가볍게 갈아치우던
이 마을 1호 탤런트,
미숙이는 떴다

술 깨면 우울한 얼굴 숙이고 피해 다니며
사람 용서하기에 급급한 인생들도
화해하기 바쁜 개똥철학의 나날들도
사실은 조금씩은 가배얍게
가배야우니까 떠서
흘러가는 거지만

군불

눈이 내린다
앞산 꼭대기에 지붕 위에
내린다, 어머니 병석에
군불을 대며 추억한다
저 부신 불길 속, 자꾸 눈감으며
걸어 들어가면
대궐 같은 기와집,
붉은 꽃밭 만개해 있을 것 같았다
세상 밖의 약을 얻어
모두 나을 것 같았다

옛날 이야기처럼
졸음에 사그라지던 길
내 무슨 주문(呪文)을 들어
살기 위해 멀리 떠났다가
그 길 되돌아와 불을 지피면
어머니 오래 못 일어나시는

마을에 무덤은 늘고
양피(羊皮) 같은 지붕들 사이
울먹울먹 눈이 내린다
희고 어두운 약손이
마을을 재우는데
잠들지 못하는 것도 무지 많아
아, 귀가 시린가

내 무슨 주문을 들으려고
아궁이 앞에 다시 태어나는지
이 산 저 산 다 잡아먹고
입만 딱 벌린
아궁이 아궁이, 수수께끼처럼
어머니 안 일어나신다
어머니 큰 병으로 깊이 숨으신다

지리산

강의 동쪽 하동에서 토지문학제 현수막을 봤다
악양 지나 화개 가는 길 양옆으로
감나무밭이 한창이다
보퉁이를 든 초로의 여인들이 탔다가 내렸다가 했다
제16대 대통령 선거 입후보자들도
버스도 11월도 덜덜덜 떨면서 춥다
최참판댁을 물었더니 운전사는
하동군 악양면 평사리 어디일 거라고 한다 유명하다
시절은 수상하여 당사주에나
악양의 명도에게나 역마살 묻고 싶은 날
해가 서서히 떠오르면서 섬진강은 어둠을 벗고
모래 위를 등뼈 하나로 밀고 가는 목선 한 척을 그려 낸다
용이와 봉순이와 길상이를 실어 나르던 강물
최서희가, 한 세월 뒤 김서희가 오르던 물결
단풍져 수척해진 산굽이를 돌아간다
섬진강은 거슬러 흐르는 강
저 나룻배에 구름처럼 올라 쓴 소주에

문어 다리나 씹고 싶은데

역사 속으로도 역사 소설 속으로도 들어오지 못하고

저렇게 산으로 갔을 어둔 이름 숨죽인 발자국들이

모래밭을, 모래알을, 모래알로 부서진 꿈을

헐벗은 전신으로 다져주고 간다

시절은 하 수상하여,

제 나라의 오지로 유배 가는 자들 끊이지 않고,

구례 경계 넘어 허허한 가을 들판 지날 때

나는 문득, 토지 가라오께, 간판을 본 것 같다

이곳은 토지면이며 다시 환란의 시대가 온다고

만주에서 막 돌아온 홍이 같은 표정으로 운전수가

돌아보며 말했다 이럴 수가, 나는 잠에서 깨어나

내가 너무 깊이 들어와버려 가늠조차 할 수 없게 된

대지의 저주받은 산, 지리산 생각이 났다

정릉천

한잔 줄게, 안주 없는 쓴 잔이어도
반 넘어 덮인 그대 가슴
얼리는 눈발,
잠시 잊게 해줄거야
깨지 않은 꿈처럼
그대 푸른 손이 스치면
탁자를 적시는 강물
가랑잎 같은 세월 몇장 거기 띄워
나 또 수작해도 돼?

취하지 않으면 못 건너는 늪이 있었어
그대 따라 걷던 강둑,
언제나 불 꺼진 등이 한둘 덩달아 서 있었고
나 검문을 피해 다녀야 했어
저런, 앞섶에 거느리던 수양버드나무
젖비린 아카시아 장식을 잃었군
고개를 세우거나 낮추어 흐르는 것들

깎고 메꾸어 평평하게들 덮는다고
반대 시위보다 굴착기의 굉음이 더 컸다고
그냥 왔어, 언제나 생계가
사람을 이사하게 하거든
덮이기 전에 마지막으로 한잔하러 왔다는 건
비밀이야
굴착당해버린 것 같은 나의 서른 해
흐리고 흐려
서른 날 되어 흘러갔는데,
정릉천 이 바보 똥물 넌 왜 못 흘러갔니
터진 손 내밀어 술도 못 따르니

미안, 내가 취해 풍덩 뛰어들면
괜찮아 괜찮아
쓰다듬고 핥고 끼었던 그대 혀,
그때처럼 툭툭 털고
함께 일어서고 싶었어, 미안

그대와 꾸던 꿈

그 불안도 불온도 엉망으로 헝클어지고

희망을 노래하는 일은 꿈속에도 꿈 같아서

세월의 입질 하나 없는 강둑, 추운

그대 안을 향해 포장 열면

바로 한 발짝 앞이 가장 깊은 허방임을

근심하며 엄습하는 눈발

나 까마득 그대 바깥이라고

눈보라에 얼어터지며 알려주는 거니 정릉천,

넌 끝내 한마디도 않고

이제 그만 조용하여라,

세상의 늦은 발길 거두어들이는 골목길

그렇게 울지만 말고

삐걱이는 목교 너머 별똥 같은 등빛을 만지며

흘러보렴 정릉천

흘러나보렴

이영광의 유비적 사고

황현산

이영광은 유비적으로 사고하는 시인이다. 그는 세상의 사물이 제 마음의 한 표정이거나 제가 지녀야 할 심정의 지표라고 생각한다. 그는 사물의 본질과 제 본성을 함께 보고 싶어한다. 이는 그가 견고한 삶을 처음부터 원했기 때문이기도 할 것이며, 그 견고함을 쉽게 확보할 수 없었기 때문이기도 할 것이다. 우리 시대의 다른 여러 젊은 시인들이나 인문학자들과 마찬가지로 해답이 늘 뒤로 연기되는 일을 하고 있는 그에게 삶의 단단함을 확인해줄 것은 무엇일까. 그는 자신의 행동 하나하나가 확실한 근거와 연결되어 있고 제 입에서 나오는 낱말 하나하나가 풍요로운 의미에 닿아 있기를 바라지만, 그의 작업과 생

존 자체가 불확실한 토대 위에 얹혀 있어, 견고한 의지를 소외시킬 뿐만 아니라 자주 그 진실성을 의심하게 한다. 삶이 중간지대에서 서성이고 있다는 것은 최초의 순결한 의지가 죄와 부정으로 왜곡되어 제 길을 올곧게 짚어가지 않았거나, 최소한 자신과 세상에 바쳐야 할 성의가 여전히 부족함을 어쩔 수 없이 증명하는 것이기 때문이다. 운명 의식 같은 것이 생겨나는 것도 아마 이때일 것이다. 그것은 있는 것이 당연히 있어야 할 자리에 있을 때가 아니라, 있는 것이 왜 하필 그 자리에 있는가를 묻게 되면서 시작될 터이다.

한 인간의 유비적 사고는 그에게 불확실한 것들 너머에서 확실한 것을 엿보게 하고, 그의 신산한 삶을 어떤 거룩하거나 순결한 뜻에 연결시키고, 그리고 무엇보다도 그의 본성을 왜곡과 부정으로부터 복성시키는 계기를 담고 있다. 그는 자신이 마땅히 해야 할 일을 하고 있다고 굳게 믿는다. 그러나 유비적 사고가 사람을 항상 행복하게만 하는 것은 아니다. 어쩌면 그 반대일 때가 더 많다. 그는 사물의 담장 위로 올라가 사물 너머를 잠시 보았는데, 거기에서 본 것은 빛이 아니라 어둠이며, 그 자리는 지금 이 자리와 다름없는 폐허일 수 있다. 그가 광휘의 정원을 보았다고 해도 사정은 마찬가지이다. 찬란한 꽃과 나무들은 그의 소유가 아니다. 그것들은 그와 무관하게 거기 있을 뿐만 아니라 이 비루한 삶을 조롱하기 위해 거기 있다. 그가 그것들을 어쩌다 손에 쥔다 하더라도 그것은 상품과 매음의 형식으로 그것들이 벌써 타락한 다음의 일이기 십상이다. 이때 그가 본 것은 그 찬란함이 아니라 그 몰락의 시작이다. 이영광의 유비적 사고에는 삶의 진실에 닿으려는 열정이 짙게 배어 있지만, 그의 언어로 유비되는 것은 어떤 진실의 얼굴이 아니라 그것을 향한 진행의 힘겨움이며, 바로 이점에서 그의 시는 이런저런 자연친화적 시나 지혜나 자연을 내세운 온갖 깨달음의 시와 구별된다.

그의 유비는 어떤 깨달음이나 발견의 결과가 아니라 유비의 노력을 유비하며 유비 그 자체를 유비할 때가 많다. 첫 시「직선 위에서 떨다」에서 시인은 "고운사 가는 길"의 아름다운 벼랑 끝에서 외나무다리 하나를 건너간다. 이 "수정할 수 없는" 직선은 한 인간의 정신을 그 예기로 관통하는 단호한 의지의 길이면서 동시에 그의 크고 작은 상처를 보상하여 위로하는 길이다. 그러나,

문득, 발 밑의 격랑을 보면
두려움 없는 삶도

스스로 떨지 않는 직선도 없었던 것 같다

오늘 아침에도 누군가 이 길을

부들부들 떨면서 지나갔던 거다

　직선 위를 걸어가는 사람보다 먼저 스스로 떨고 있는 직선은 곧고 엄혹한 것에 대한 한 개념이 자연의 본질로서 거기 있는 것이 아니라 한 정신이 부단한 연습과 단호한 실천으로 얻어내야 할 것임을 말한다. 시인이 자기보다 앞서 그 외나무다리를 건너갔을 사람이 부들부들 떨었을 것이라고 믿으려 하는 것도 어떤 소심함을 지적하기 위함이 아니라 엄숙한 길을 건너가는 자가 지불해야 할 용기를 다시 확인하기 위함일 뿐이다. 옛 사람이 갔던 길이 여기 있지만 앞사람의 떨림이 뒷사람의 떨림을 면제해주지는 않는다. 또 다시 자기 책임으로 그 직선을 건널 때만 위험하고 여유없는 길을 엄정한 길로 바꿀 수 있을 것이다. 길이 건넘을 부르는 것이 아니라 건넘의 용맹이 길을 길답게 한다. 숨은 진실이 유비를 요구하는 것이 아니라 진실을 욕구하는 마음이 유비를 만든다. 숨은 진실 같은 것은 거기 없을지 모른다. 유비되는 것은 곧은 길이 아니라 거기에 진실한 유비가 있기를 곧게 바라는 마음일 뿐이다. 이 점에서 이영광의 유비는 영감받은 유비가 아니라 각성된 유비라고 부를 만하다.

각성된 유비, 그런데 이게 가능한 것일까. 대지의 숨은 힘과 진실을 믿고 거기에 완전히 몸을 맡기려 하지 않는 자에게 유비적 사고란 무엇일까. 거기에서는 계시의 언어가 발견될 수 없고 명령의 말씀이 들릴 리 없다. 거기에는 계시와 말씀을 조작하는, 또는 그 정황을 조작하는 낡은 형식만 남아 있는 것은 아닐까. 그래서 어쩌면 이 유비는 뒤에 온 사람의 유비라고 고쳐 불러야 할지 모르겠다. 아름다운 만큼 의심스러운 「문(門)」 같은 시가 이런 의문을 더욱 깊게 한다. 시인은 벌써 여러 개의 문을 열고 그 안에 들어갔으나 "지나보면 다 바깥"이었다고 생각한다. 더구나 그가 지났던 자리는 "가지 말아야 했던 곳"이며 "범접해선 안되었던 숱한 내부들"이다. 그를 허락하지 않는 내부는 항상 남아 있고, 따라서 진정으로는 "한번도 받아들여진 적 없었"기 때문에 그는 "그대의 텅 빈 바깥에 있다."

가을 바람 은행잎의 비 맞으며
더이상 들어갈 수 없는 곳에 닿아서야
그곳에 단정히 여민 문이 있었음을 안다

삶이 그렇고, 마음과 지식을 수련하는 일이 그렇고, 한 사람의 마음을 얻는 일이 그렇고, 무엇보다도 글쓰기가 그렇다. 문 뒤에는 늘 더이상 열 수 없을 것 같은 또 하나의 문이 있다. 그렇긴 하나, 여러 문을 차례로 열고 들어갔던 사람은 더럽혀진 한 공간만이 아니라 공간과 공간의 경계에서 느꼈던 전율도 기억할 것이며, 열린 문 뒤에 닫힌 문이 있다고 해도 그가 여전히 바깥에 서 있다는 것을 확인하는 데에 그치지 않고, 한 문의 열림이 그 바깥을 어떻게 다른 것으로 만들었는지도 이해할 것이다. 마지막 닫힌 문 앞에서 모든 시공을 단일화하는, 정태적이라고 평가할 수밖에 없는 이 시의 사유법은 시인에게 진실과 깊이가 모자랐기 때문이 아니라 필경 그가 피할 수 없었던 어떤 종류의 환멸 때문이다. 엷이 곧 더럽힘이었던 공간들에 대한 환멸, 아니 그보다는 그 더럽힘을 이미 알면서 짐짓 문을 열었던 자의 환멸, 다시 말해서 뒤에 온 자의 환멸, 이 환멸은 차라리 체질적이다. 「빙폭」 연작에는 이 환멸이 눈에 띄지 않게 깔려 있다.

「빙폭 1」은 얼어붙은 폭포를 절제의 한 모범으로 파악한다. "흘려 보낸 물살들이 멀리 함부로 썩어" 아무것도 기르지 못하는 폐수가 된다는 것을 알기 때문에 폭포는 "출렁이던 푸른 살"을 "침묵의 흰 뼈"로 가둬두었다. 시인은 "무슨 죄를 지으면" "저렇게 투명한 알몸으로" 서느냐고 묻기도 하는데, 이 질문은 어쩌면 폭포의 엄혹한 절제 속에 함부로 썩어버린 물살들의 죄에 대한 대속의 가치가 포함되었음을 암시하기도 할 것이다. 「빙폭 2」는 같은 폭포에서 뜨거움의 극에 이르러 다른 것이 되는 한 열정을 본다.

　　분명하다, 어떤 극한은 화염이고
　　어떤 물질은 정신인 것이

　안팎을 뒤집으며 떨어지던 물이 얼어붙어 맑은 기둥이 되기까지는 길이 끊어지는 지점까지 나아가려는 어떤 불길 같은 열정이 있으며, 그렇듯이 한계에 이른 이 열정은 한 개념의 절대가 되고 그 정신이 된다. 폭포는 그 자신의 "광기"로 순결한 의지 그 자체가 되어 얼어붙는다. 「빙폭 3」은 절대에 이른 이 극기와 열정을 더욱 높은 차원에서 성찰한다. 이 시는 빼어나게 수려하여 어느 대목을 따로 떼어내기 어렵다.

　　이월의 하느님이
　　협곡에 기대인 폭포를

천천히,
쓰러뜨린다

허허한 공중의 칼에 베인
지상의 허허한 빈 몸

나는 그 분이
빙폭의 투명을 두 손에 적시며
말없이
사라지는 걸 본다

무언가를 통과시키기 위해
번뜩이며 뼈를 드러내는 개울들
눈발에 허옇게 깎인 바위절벽, 그리고

금욕처럼 단단한 저 고요,
협곡은 이미 협곡을 빠져나가고 없다
여기 없는 것은
이 세상에 없는 거다

다만 뼈에 붙은 마음을 반드시 꺼내 가려는 듯

삭풍의 억센 손아귀가 몸을

들었다 놓았다

들었다 놓았다, 한다

한파가 한걸음 물러선 자리에서 협곡에 얼어붙었던 폭
포는 허공에서 베어져 내려 깨어졌다. 협곡에 기대었던
폭포가 빠져나가자 협곡마저 사라진 듯하다. 한 개념이
개념을 지우고, 한 순수가 순수를 허허롭게 함으로써 그
절대를 완성했다. 실천이 아니라 부정에 의해서만 도달
하는 어떤 지경이 있으며, 빙폭은 그 적멸에 이르렀다.
그 순수의 근원인 "그 분"까지 이 완성된 순수에서 잠시
손을 씻고, 아직 칼끝을 포기하지 않은 2월의 사나운 바
람까지 이 순결한 추억의 잔해에서 매서운 기운을 빌리
려 한다.

이 폭포는 아름답지만 비극적이다. 폭포는 구도의 끝
에 도달한 자이지만 또한 순교자이다. 폭포는 시혜자이
지만 또한 약탈당하는 자이다. 그 아름다움은 한 자질의
개화에 의해서가 아니라 그것을 남김없이 비워버린 데서
얻어진다. 이는 첫번째 폭포가 흘러가기를 중단함으로써
자기를 지키고, 두번째 폭포가 제 광기를 자기 안에 가둠
으로써 불꽃의 정신이 된 내력과 마찬가지이다. 여기에

는 도정이 없으며, 도정의 부정은 환멸을 체질화한 정신의 한 특징이다. 물론 이 환멸은 이 시인 한 사람의 것이라기보다 90년대 이후 우리 시의 밑바닥을 흔들며 주술을 걸어온 절망감의 한 형식이다. 그의 시에서 관념의 극단들이 이따금 허허한 해방감과 사실감을 동시에 누리는 것도 그것이 시대의 징후와 엇물려 있기 때문이리라.

그러나 이 시인이 문득 낯설어지는 사물의 얼굴에서 긴장된 순간을 들어올리는 날카로운 시들만 쓰고 있는 것은 아니다. 어느 날 안경을 벗고 한번 보았던 바 윤곽이 번져나간 "흐릿해진 풍경" 속에 잠겨 있는 시「봄날」, 비명도 지르지 못한 채 아무런 소용도 없이 "유리창을 움켜쥐는 바람의 손바닥들"을 시인이 제 가슴속에서도 느끼는 「첫눈」, 가장 "무시무시한 고독"인 아름다움 속에서 "간신히 홈리스를 면한" 세월의 나그네가 "딴 세상을 만나는 복락"에 취하는 시「벚꽃 무한(無限)」, "삼십년" 동안 옥상에 올라 "푸릇푸릇 젖은 걸 널고 걷으며" 마음속의 울혈을 삭이고 "삼십년 만의" 또는 "삼십년 간의" 슬픈 평화를 누리는 늙은 아낙네들의 「평일」, 이런 시들에서 시인의 유비적 사고는 선과 각을 풀고 눅진한 땅바닥에 눕는다. 누운 자리에 화해도 있다.「고드름」이 말하는 것처럼, 그런 날은 가장 사나운 것들부터 녹는다. 술 취해 잠든 날 아침, 창밖, "주렁주렁 처마에 매달린 고드름들"은 시인을 삼키고 있는 거대한 짐승의 이빨 같지만, "뾰족한 끝에서부터 한방울씩 녹아내리고 있다." 그는 용서하고 용서받는다.「단풍나무 한그루의 세상」「단역들」「산」「세월」같은 시들에는 모두 제 삶의 한켠이 허물어졌다고 느끼는 화자가 있다. 그 슬픔은 유장하고 넓어 바람이나 안개 같은 비인칭적 자연현상처럼 땅과 대기를 덮고 무한을 유비한다. 무한은 그 형식과 내용이 여하하건 다른 풍경의 조짐이기에 아름답다. 그리고「지긋지긋한 슬픔」이 제1부를 제2부에 연결시킨다. 시인은 이 시에서 슬픔을 끌어안고 동시에 슬픔을 반성한다.

제1부에 비해 뚜렷하게 산문적인 제2부에는 우리가 이야기해온 유비적 사고의 기원과 후일담이 함께 들어 있다.「숲」에서는 "제 생의 밤의 시작을" 기억하느냐고 어린 날의 숲에게 묻고 또 "당신은 왜 저에게 형형한 밤 새의 눈을 주지 않고 지칠 줄 모르는 그리움의 두발을 주셨" 느냐고 투정하지만,「내각리 옛집」에서는 "내각리엔 옛날 집들, 옛날 집들 비어" 있음을 확인한다. 그가 고향의 피폐함을 말할 때 이중으로 슬프다. 그것은 제 유비의 흔들리는 근원을 바라보는 자의 슬픔이 폐허의 슬픔 위에 덧붙여져 있기 때문이다. 유비적 사고는 확실히 궁핍

한 삶의 소산이다. 제 현실이 궁핍하다고 느끼는 자가 아무리 형형한 눈을 가졌더라도 그가 보는 것은 이 삶의 남루한 장막 밖에만 존재한다. 이제 고향의 언덕은 무너지고 집은 폐가가 되고 남루한 장막은 삭아내렸지만, 그 뒤에 숨어 있다고 믿었던 것들도 함께 사라졌다. 시인은 이제 유비되었던 것들에 대한 환멸을 넘어서서 유비 그 자체를 의심해야 할 고비에 서 있다.

「마루 밑 열대」는 말하는 것이 많다. 마루를 뜯어낸 자리에 "외짝 검정 고무신, 빈 저울대" 등 한 가정의 지나간 삶들이 먼지를 덮고 여전히 "생리중이다." 무쇠 화로는 여전히 화끈하고, "푸르러 산으로 돌아가는 개간밭들 건너다볼 때 털손 대지 마, 쥐어박듯이 불인두 하나 눈시울을 눌러온다 마루 밑에 열대가 있다." 마루 밑이 뜨거운 것은 불을 다루던 연모들이 거기 남아 있기 때문만은 아니다. 애써 개간했던 밭들이 이제 다시 산이 되듯이, 뜨거웠던 것들이 그 뜨거움을 잃었기 때문에 시인의 눈시울이 인두처럼 뜨겁다. 시인이 정작 말하려는 것은 숨겨진 것들이 그 실체가 아니라 그 바닥을 드러냈다는 것이며, 이점에서 이 시는 대밭에서 구렁이와 옛 이야기를 발견한다는 식의 상투적 진술들을 벗어난다.

헌책들을 늙은 여자들에, 그것도 너무 빨리 추하게 늙

은 여자들에 비유하는 「헌책들」은 진리라고 여겨졌던 것의 얕은 바닥을 말한다는 점에서 이 시의 보충으로 읽을 만하고, 엉뚱한 말 같지만, 미국의 아프가니스탄 전쟁에 관한 소회인 「2001 — 세렝게티, 카불, 청량리」는 이 시의 결론이라 말해도 무방하다. 여기에는 시인이 유비적 사유로 구하려 했던, 다시 말해서 본질적 실체이기를 원했던 진리의 마지막 패망이 있다. 이 세기의 초에 불을 지른 이 전쟁은 어떤 선의의 기대도, 어떤 이성적인 대응도 무효한 것으로 만들었다. 인간의 삶에는 깊이뿐만 아니라 바닥조차 없다. 그러나 시인을 더욱 당황하게 하는 것은 그에 대한 자신의 슬픔과 고통이 충분히 절박하지 않다는 것이며, 절박한 순간에도 그 절박함을 의심해야 한다는 것이다.

　　말세가 지났는데도 여전히 사이비 종교 신자들이
　　지난 세기의 동작으로 춤추고 있고

　삶은 코미디로 전락했고, 시인은 "제 자신조차 이해할 수 없는 순간"을 만나, 그것도 오래도록 떠나지 않는 순간을 만나, "아직 명(命)! 받지" 못했다. 유비적 사고의 파산이다.

이 시집의 끝 부분에는 여러 편의 죽음의 시와 그 죽음을 조문하는 시가 들어 있다. 시집의 전체 구성 속에서 이 시들은 특히 중요하다. 시인이 한 시대 정신사의 결말을 이들 죽음의 시에 담고 있기 때문이다. 그 죽음들은 불쌍하고 초라할 뿐만 아니라 삶이 의미없는 고통의 사슬이었음을 폭로한다. 삶이 의미없을 때 죽음조차 고통으로부터의 해방이 아니다. 「독방」에서, 고독한 삶은 죽음 뒤에도 독방에 갇힌다. 삶과 죽음의 의미없음은 시인이 슬퍼할 이유도 되지만 진실로는 슬퍼하지 않을 이유도 된다. "자욱이 비에 씻기는 저승의 아파트먼트, 산 전체가 독방이다 나는 비를 맞지 않기 위해 버스로 뛰어간다." 죽은 자를 애도하다 말고 비 맞기를 두려워하며 뛰어갈 때 시인은 메마르고 깊이를 잃은 세계에서 불모의 기호들만을 유비하게 될 제 자신의 유비적 사고에 장례의식을 치르는 것과도 같다. 이 장례식이 길지는 않을 것이다. 이제 생애의 중요한 고비를 넘긴 시인의 정신이 이 아름다운 시집의 끝에서 다른 모험에 착수할 것이 분명하다.

시를 독서하는 것과 해석하는 것은 다르다. 독서는 통시적이다. 한줄 한줄에서 정보를 얻어 다음 줄을 이해하고 마침내 결말에 이른다. 해석은 공시적이다. 해석하는 자는 모든 정보와 결말을 한꺼번에 알고 있다. 그러나 설명을 할 때는 독서하는 자처럼 통시를 연출한다. 시쓰기에도 독서의 시쓰기가 있고 해석의 시쓰기가 있다. 어떤 시인은 제 말의 끝에 이르러서야 제가 무슨 말을 하고 있으며 무슨 말을 해야 할지 알게 된다. 다른 시인은 제가 무슨 말을 해야 한다는 것을 너무 잘 알고 있으나 말할 것을 찾아가는 사람처럼 연출하며 말한다. 이영광은 「지긋지긋한 슬픔」의 어느 대목에서 "나는 닐니리 통밥으로 시를 훔쳤다"고 문득 고백한다. 훔쳤다는 말이야 빈말이겠지만, "닐니리 통밥"에는 내용이 없지 않다. 통밥은 연출하는 시쓰기의 존재방식이다. 명민한 그는 어쩌면 유비적 사고에 천착할 때부터 그 파산을 알고 있었던 것은 아닐까. 알고도 모르는 척 찾아 헤매었던 것이 바닥을 드러냈다고 해서 시가 바닥을 드러낸 것은 아니다. 그는 이제 아는 것이 없는 자로 현실 앞에 서게 될 것이며, 현실을 소박하고 용감하게 말하는 가운데, 무엇을 유비한다는 생각도 없이, 무엇을 유비할 겨를도 없이, 전혀 다른 수준의 유비에 도달하기도 할 것이다. 시는 아는 것을 상징하지 않는다. 상징은 모르는 것에 대한 말이다. 이 말을 사족으로 붙인다.

黃鉉産 | 문학평론가

■

시인의 말

동해에서 지리산까지 십칠년이 걸렸다. 이 어이없는 책 속의 시편들은 그러니까, 어지럽게 흩어져 있다.

나는 여덟에 집을 나와 삼십년을 떠다녔다. 어리고 외롭던 시절에 배운 시를 버리지 않고 여기까지 온 내가 의아하다. 한꺼번에 두 여자를 사랑해버린 사람처럼 나는 이 세상과 이 세상 너머에 다 관심이 있다. 얘들은 보이다가 안 보이다가 한다.

나는 시의 특수한 문법을 단련하지 않고 그것을 채울 마음을 찾아다녔다. 몸보다 더 뜨거운 몸, 몸부림에 깊이 끌렸다. 형식은 자연의 소관인가.

집중하지 않아도 절로 몰입이 되는 노가다, 아마 시의 매혹은 불가능을 쭈물딱거리는 데 있을 것이다. 그렇지 않다면 이토록 위안이 될 리가 없다. 한끼의 밥, 찰나의 사랑에 넋을 내줄 수 있을지라도 인간에게는 애당초 모든 것이 불가능하다는 걸 되새겨야 한다.

삼십년이 흘러가셨는데도 여전히 나의 희망은 집으로

들어가는 거다. 허나, 이 지상은 연락이 없는 곳. 꽃피는
희망이 봄날의 누더기인 곳. 그리고 아무리 찾아도 제가
안 보이는 오색의 길 위.

2003년 여름

이영광

창비시선 226

직선 위에서 떨다

초판 1쇄 발행/2003년 8월 5일
초판 4쇄 발행/2017년 10월 20일

지은이/이영광
펴낸이/강일우
편집/고형렬 김정혜 문경미 안병률
펴낸곳/(주)창비
등록/1986년 8월 5일 제85호
주소/10881 경기도 파주시 회동길 184
전화/031-955-3333
팩시밀리/영업 031-955-3399 · 편집 031-955-3400
홈페이지/www.changbi.com
전자우편/lit@changbi.com

ⓒ 이영광 2003
ISBN 978-89-364-2226-4 03810